大作家 小童书

夜晚的秘密

〔法〕米歇尔·图尼埃 著
曹杨 译

人民文学出版社

著作权合同登记：图字 01-2015-7617 号

图书在版编目（CIP）数据

夜晚的秘密 /（法）图尼埃著；曹杨译 .
—北京：人民文学出版社，2015
（大作家小童书）
ISBN 978-7-02-011209-8

Ⅰ．①夜… Ⅱ．①图… ②曹… Ⅲ．①儿童文学
—短篇小说—法国—现代 Ⅳ．① I565.84

中国版本图书馆 CIP 数据核字 (2015) 第 271225 号

Pierrot ou les secrets de la nuit
by Michel Tournier（text）, Danièle Bour（illustrations）
© Éditions Gallimard, 1979, text and illustrations

责任编辑：甘 慧 尚 飞
装帧设计：李 佳

夜晚的秘密
[法]米歇尔·图尼埃 著 曹杨 译

出版发行	人民文学出版社
社　　址	北京市朝内大街 166 号
邮政编码	100705
网　　址	http://www.rw-cn.com
印　　刷	利丰雅高印刷（深圳）有限公司
开　　本	890mm×1240mm　1/32
印　　张	1.75
字　　数	20 千字
版　　次	2016 年 4 月第 1 版
印　　次	2016 年 4 月第 1 次印刷
书　　号	978-7-02-011209-8
定　　价	18.00 元

版权专有，侵权必究。如有图书质量问题，请与出版社联系调换。

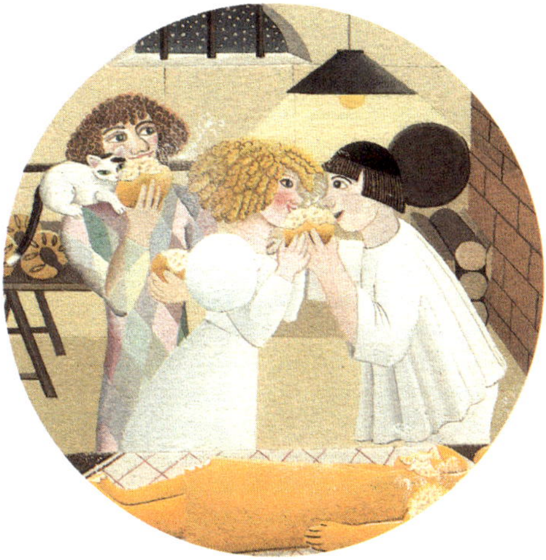

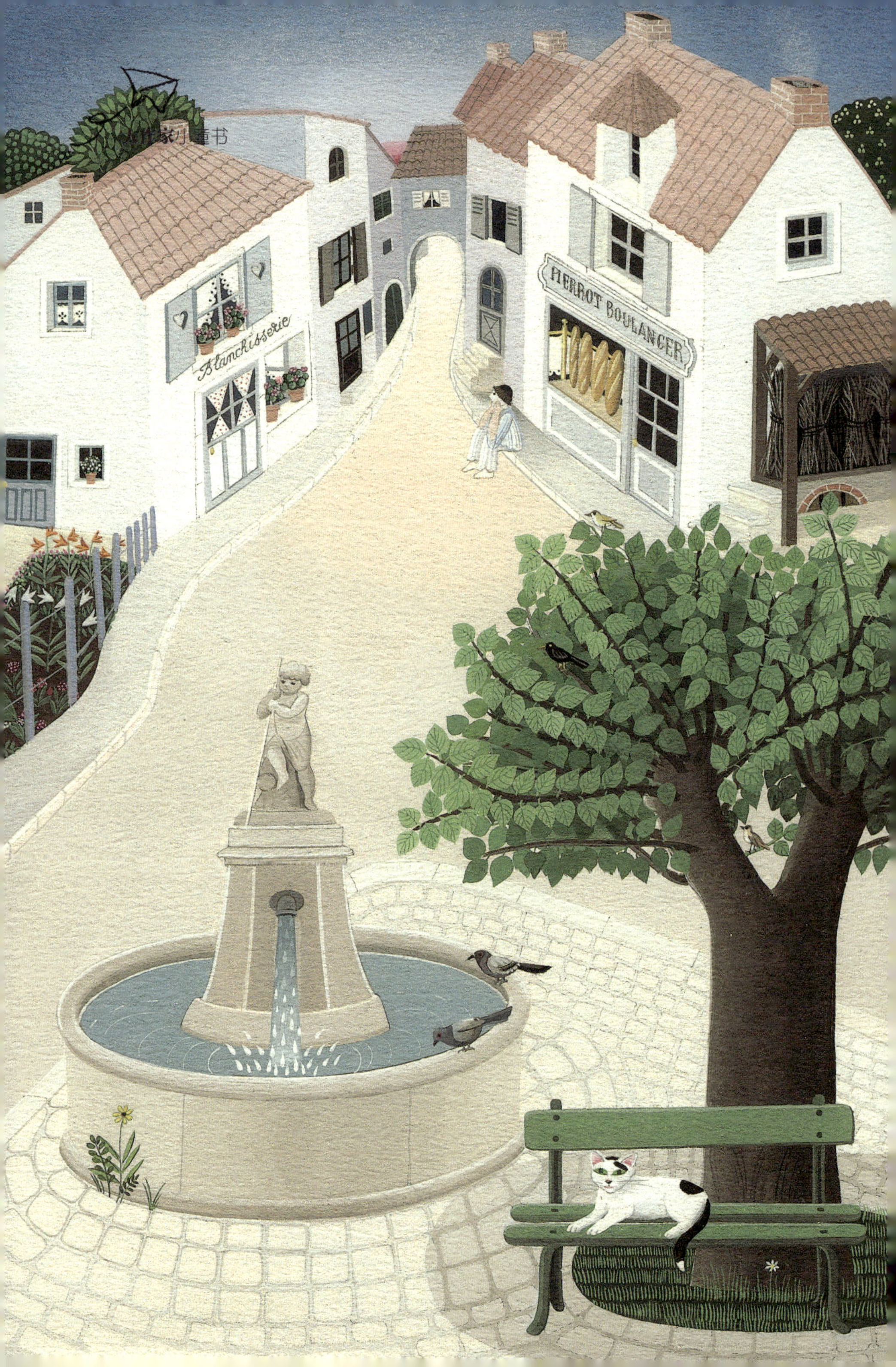
Blanchisserie
PERROT BOULANGER

在一个名叫普尔德勒济克的村庄里,有两座隔街相对的白色房子。一座房子里住着洗衣姑娘。由于她每天都穿着一条雪白的连衣裙,活像一只鸽子,大家都亲切地叫她白鸽,没人还记得她的真名。另一座房子里住着面包师皮埃罗。

皮埃罗和白鸽从小一起长大,村里学校的长椅上经常出现他们的身影。他们整天都粘在一起,大

家都说白鸽长大后会嫁给皮埃罗。但是,生活拆散了他们。自从皮埃罗开了面包铺、白鸽开了洗衣店后,两人便很少见面了。为什么呢?因为洗衣姑娘

要在白天工作；而面包师要在夜里忙碌，只有这样，村民们才能在第二天一早吃上香喷喷的点心和热乎乎的牛角面包。尽管如此，两人还是有机会见面的。比

如太阳落山时，也就是白鸽准备睡觉、皮埃罗刚刚起床的时候；还有清晨时分，也就是白鸽的一天刚刚开始、皮埃罗的一夜刚刚结束的时候。

但是，白鸽总是躲着皮埃罗。皮埃罗伤心极了。白鸽为什么要躲着皮埃罗呢？因为皮埃罗总会让她想起各种各样令人不快的东西。白鸽喜爱的，是阳光、小鸟和花儿；只有热情似火的夏天才能给她带来

无尽的快乐。然而面包师呢，我们刚刚说过了，只在夜里工作。对白鸽来说，夜晚漆黑一片，到处都是令人毛骨悚然的动物，比如大灰狼啦、蝙蝠啦。所以，一到晚上，她就会紧闭房门、合上百叶窗，蜷在被子里睡觉。还不止这些呢，皮埃罗的生活还陷在两个更吓人的黑洞里，那就是他的地窖和大烤炉。谁知道他的地窖里有没有老鼠？还有，大家不是常说"像炉子一样黑"吗？

另外，我们不得不承认，皮埃罗从事的工作也影响到了他的相貌。也许是夜里干活、白天睡觉的缘故，皮埃罗的脸又圆又白，像极了天上挂着的满月。他那双专注的大眼睛常常带着惊异的神情，肥肥大大、飘飘荡荡的衣服像面粉一样白；每每看到他，人们都会不由自主地联想到猫头鹰。像月亮一样冰冷、像猫头鹰一样昼伏夜出的皮埃罗，羞涩、安静、内敛、专一。他喜欢冬天而不是夏日，喜欢独自一人而不是与人交往，喜欢埋头写字而不是侃侃而谈；对他来说，说话聊天太难了；他更喜欢拿起一支大大的羽管笔，借着烛光为白鸽写下长长的信。不过，他觉得白鸽不会读他的信，所以从没寄

出过一封。那么，皮埃罗到底在信里写了些什么呢？他想努力改变白鸽对夜晚的看法，他想告诉她：夜，并不是她所想象的那样。

皮埃罗了解夜晚。他知道,夜并不是一个黑洞,夜比他的地窖和烤炉还要美好。在夜里,小河的歌声更加清脆嘹亮,河面上波光粼粼、银光闪闪;在夜里,大树的枝叶耸入夜空,周身披洒着美丽的星光;在夜里,晚风中散发着大海、森林和高山的味道,而不像白天那样,夹杂着人们劳作的气息。

皮埃罗了解月亮,他懂得怎样观察它欣赏它。他用所有的注意力和温情注视它,看到了月亮表面的起伏,看出了那是一个像苹果或南瓜一样的球体。他知道,月亮并不是碟子一般的白色平盘,它的表面有凸起,也有凹陷,仿佛一席冈峦起伏、峡谷丛生的风景,又像是一张嵌刻皱纹、荡漾微笑的脸庞。

是的，皮埃罗了解这一切。揉好的面粉在加入酵母后，需要整整两个小时慢慢发酵；每每这时，他都会走出自己的面包烘房，利用醒面的时间感受夜晚。村里所有人都在睡觉，皮埃罗是唯一清醒的人。他大睁着圆圆的双眼，走遍村子的大街小巷。村里的男男女女、老老少少都沉浸在睡梦中，直到他烤出热气腾腾的面包才会醒来。皮埃罗走向白鸽紧闭的窗子，他变成了村庄的哨兵、白鸽的护卫。他想象着洗衣姑娘躺在温暖的白色床榻上，轻轻地呼吸、静静地做梦。他抬起白色的脸庞望向月亮，只见那美妙的圆月在薄雾中、在树顶上若隐若现，让他恍惚觉得那是一张脸蛋。

也许，如果没有那个夏日的清晨，一切还会这样持续下去——那是一个阳光明媚的早上，花儿在微笑，小鸟在唱歌，一个男人拉着一辆奇奇怪怪的小车走进了村子。这小车像辆带篷马车，能为主人遮风挡雨，让主人安心入眠；又像庙会里的彩色棚屋，四周挂着的帘幔五颜六色，仿佛轮船座舱周围的帆布般随风飘舞。车顶上还挂着一块醒目的彩漆招牌：

阿尔菱格
房屋粉刷匠

只见这个活泼机灵的年轻人脸颊绯红，鬃发红棕，腿上的菱格裤袜五彩斑斓，比彩虹的颜色还要多，不过没有任何一块菱格是白色或黑色的。他把小车停在皮埃罗的面包店前，打量着那光秃凄凉的门

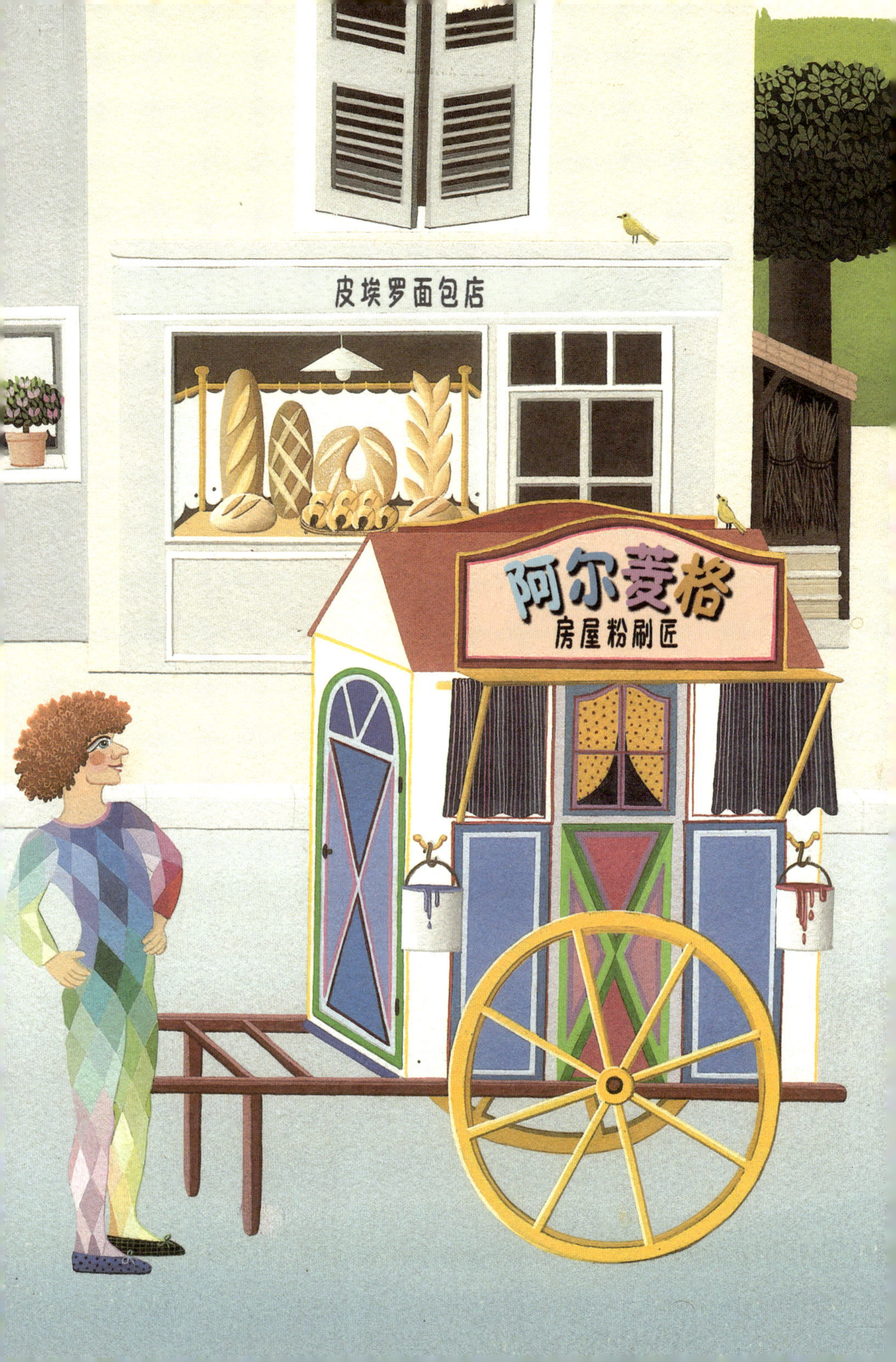
皮埃罗面包店
阿尔菱格
房屋粉刷匠

面，不禁噘起嘴、摇起头来。他看了看上面仅有的几个字：

皮埃罗面包店

他随即坚定地搓了搓手，决心敲开店门。我们在前面说过，白天，正是皮埃罗呼呼大睡的时候。阿尔菱格敲啊敲，敲了很久，房门终于打开了：出现在他面前的皮埃罗脸色苍白、昏昏沉沉、疲惫不堪。可怜的皮埃罗！他像极了一只白色的猫头鹰，毛发蓬乱，神情惊愕，在正午无情的日光下无力地眯着眼睛。阿尔菱格正准备开口说话，背后忽然传来一阵爽朗的笑声。

原来是白鸽，只见她手持一把大熨斗，正从自家窗口看着对面发生的一切。阿尔菱格回过头，看

见白鸽后，也大笑起来。同样的快乐欣喜，把同样阳光的两个人紧紧连在一起。皮埃罗看着自己身上如月光一样清冷的衣裳，顿时感到一阵孤独和忧伤。他又嫉妒又痛心，一气之下冲着阿尔菱格摔上房门，回到床上继续睡觉。可是，此时的他，恐怕没那么容易入睡……

阿尔菱格向对面的洗衣店走去，却发现白鸽不见了。他找啊找，看见她跑到了另一扇窗前。不一会儿，白鸽又不见了，随后又在第三扇窗前现了身……阿尔菱格费了好大功夫也没能走到白鸽近前。看来，调皮的洗衣姑娘是在和他玩捉迷藏呢。后来，白鸽终于打开房门，捧着一大篮洗净的衣服走了出来。阿尔菱格跟在她身后，看着她走进花

园，把一件件衣服摊开挂在晾衣绳上。那些衣服全是白色的，和白鸽的裙子一样白，也和皮埃罗的罩衫一样白。

可惜的是，正在照耀这些雪白衣物的，不是月亮，而是太阳。太阳只能让斑斓的色彩发出耀眼的光芒，比如阿尔菱格身上的彩衣。

能说会道的阿尔菱格对着白鸽好一番高谈阔

论。慢慢地，白鸽也和他交谈起来。他们在聊什么？他们在聊布匹，聊布匹的颜色。白鸽在说白色布匹，阿尔菱格在说彩色布匹。白鸽认为白色才是最自然的，阿尔菱格试图说服她彩色更美。他多少达到了目的：从此，在普尔德勒济克的集市上，在曾经满眼的白色织品中，渐渐出现了淡紫色的毛巾、蓝色的枕套、绿色的桌布和粉红色的床单。

晾好衣服后，白鸽走回自己的房子。阿尔菱格帮她提着空篮子，说要为她粉刷门面。白鸽答应了。

阿尔菱格马上动起手来。他拆了自己的篷篷车，用拆下来的条条块块拼成一把长梯，架在了洗衣房的正前方。那情景让人觉得，小车变成的梯子从此占有了白鸽的房子。阿尔菱格迫不及待地蹿上梯子忙碌起来。远远望去，身穿菱格彩衣、头顶红色发冠的阿尔菱格，活像一只栖在高处的异国飞鸟。似乎是为了增加这种相似度，他还欢快地哼起歌儿、吹起口哨。白鸽时不时地从窗口探出头来，和阿尔菱格一起笑着、闹着、唱着。

没过多久，阿尔菱格的粉刷工作就初见成效了。洗衣房的白色墙面转眼穿上了绚烂的彩衣，比彩虹的颜色还要多，只是没有黑色、白色和灰色。

阿尔菱格接下来的两个举动，有力地证明了他是世界上最大胆、最放肆的房屋粉刷匠。他先是在墙面上画了白鸽的画像，画像和白鸽本人高矮相同、胖瘦一致，头上还顶着一把洗衣篮。只是，这个白鸽身穿的，并不是平日里的一袭白衣，而是一条彩色菱格连衣裙，和阿尔菱格的衣服花纹一模一样。还有更过分的呢。阿尔菱格粉刷了白底黑字的"洗衣店"后，竟然在下面加上了另外三个字：洗染店！他干得快极了，太阳落山时就已经收了工。当然，墙上的油漆要等上一段时间才会干……

太阳下山了，皮埃罗起床了。面包烘房亮起烛火，从通风窗里映出暖暖的红光。月亮又大又圆，像一个乳白色的皮球，在闪闪的夜空中摇曳。皮埃罗走出烘房。他最先看的，永远是天上的月亮。每每这时，他的心里总是充满幸福。他张开双臂向它奔去，对它微笑；它也冲着他笑。是啊，他们就像两兄妹，都长着圆圆的脸庞，都穿着飘渺的衣衫。

洗衣店 洗染店

皮埃罗开心极了,他跳着舞,转着圈,不想却踢到了散落一地的油漆桶,又撞上了架在洗衣店前的长梯子。这一撞让他一下子从美梦中惊醒过来。这是怎么了?白鸽家里发生了什么?皮埃罗觉得眼前的一切都那么陌生,无论是五颜六色的墙面,还是穿着菱格彩衣的白鸽。

天啊,还有"洗衣店"下面那粗野的三个字:洗染店!皮埃罗顿时目瞪口呆,再也不想跳舞了。天上的月亮也露出痛苦的神情。白鸽就这样被阿尔菱格鲜艳的色彩俘获了!从此,她会穿上和他一样的彩衣;从此,她将不再清洗、熨烫雪白纯净的织物;从此,她将整天和脏兮兮的衣服为伴,把它们浸泡在令人作呕、肮脏不堪的化学染缸里……

皮埃罗走近梯子,厌恶地拍了一下。他抬起头,看见上面一扇窗正闪着微光。梯子是件恐怖的东西,因为它能让人透过楼上的窗子,目睹房间里发生的一切!皮埃罗爬上梯子,一级,又一级……他凑近了闪着光亮的窗口,向里面望去。皮埃罗看见了什么?我们永远也不会知道……只见他下意识地往后退了一大步,完全不记得自己正站在三米高的梯子上!他摔了下来,重重地摔了下来!

他死了吗?没有。他挣扎着站起身,一瘸一拐地走回面包烘房。他点燃一支蜡烛,拿起大大的羽管笔,在墨水瓶里蘸了蘸。他要给白鸽写信。一封长长的信吗?不,只是短短的几句话。过了一会儿,他手里拿着信封,跛脚走出家门。他犹豫着,不知该把信封留在哪儿。最后，他决定把它绑在梯子的一根木条上。放好后，他回到家里，熄灭了蜡烛。夜空中，一片乌云飘来，遮住了月亮忧伤的脸庞。

新的一天开始了。在灿烂的阳光下，阿尔菱格和白鸽手拉着手，蹦蹦跳跳地走出他们的洗衣洗染店。白鸽脱下了往日的白色衣裙，穿上了菱格彩衣，上面的菱格五颜六色，只是没有黑色和白色。现在的她，和阿尔菱格画在墙上的画像一模一样。身穿情侣装的两人绕着房子欢快地跳起舞来，他们的样子幸福极了！

接着，阿尔菱格一边踏着舞步，一边忙碌起来。只见他把架在洗衣房前的梯子拆成了木条木块，又把这些木条木块组装成原来的小车。看到阿尔菱格的小车再次出现在眼前，白鸽跳到上面试了试。对阿尔菱格来说，他和洗衣姑娘出发的时刻到了。这是再自然不过的了，因为阿尔菱格是个名副其实的流浪者，站在梯子上的他就像栖在枝头的鸟儿，随时准备飞向遥远的天边。这样的阿尔菱格怎么可能就此停歇呢。更何况，他在普尔德勒济克已经无事可做了，广阔的田野正在向他绽放迷人的笑容。

白鸽似乎很愿意和他一起远行。她抄起一个小包裹，合上家里的百叶窗，钻进了阿尔菱格的篷篷车。在快要出发的一刻，阿尔菱格好像想起了什么，突然跳下车。只见他在一块布告牌上挥舞起油漆刷，随后把它挂在了门上。布告牌上是这样写的：

蜜月旅行，关门歇业

这回他们可以出发了。阿尔菱格跑到篷篷车前，拉起白鸽上了路。没过多久，他们就走进了茫茫的田野，到处是鲜花朵朵，彩蝶翩翩。田野仿佛穿上了阿尔菱格的彩衣，向他们敞开热情的怀抱。

夜幕降临，村子里一片寂静。皮埃罗壮着胆子走出房门，不知道等待他的将是什么。他一瘸一拐地走向白鸽的家，看到门窗都关得严严的。突然，他发现了那块布告牌。那牌子太可怕了，皮埃罗简直不敢相信自己的眼睛。他揉了揉眼，知道自己

·夜晚的秘密· 24 / 25

该转身离开了。于是,他踉踉跄跄地回到面包店。过了一会儿,他又开门出来了,手里也拿了张布告牌。他把牌子挂在门外后,狠狠地摔上了门。布告牌上是这样写的:

失恋痛心,关门歇业

日子一天天过去,夏天悄然离开了。阿尔菱格和白鸽继续游走天涯,只是不像从前那样幸福了。现在,大部分时间都是白鸽在前面拉车,阿尔菱格在车里休息。天气也越来越糟了。秋雨劈里啪啦地拍在他们头上,他们的漂亮彩衣开始慢慢褪色。绿树渐渐变黄,树叶也纷纷坠落。他们穿过的森林满是枯树,他们走过的田野棕黑沉闷、沟壑连连。

夜晚的秘密 · 26 / 27

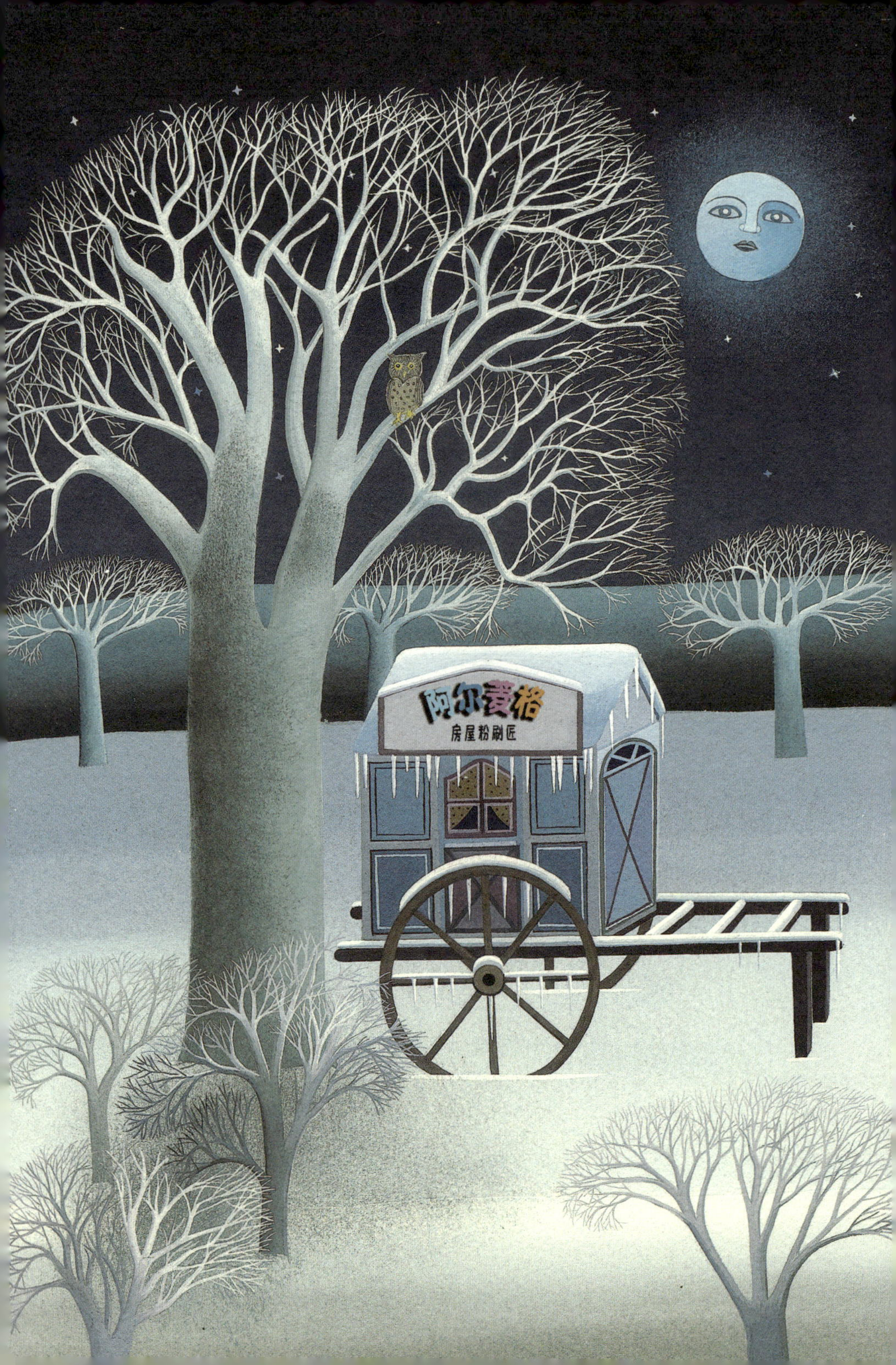
阿尔菱格
房屋粉刷匠

一天清晨，故事发生了戏剧性的变化！前一夜，雪花漫天飞舞。天亮后，白雪覆盖了田野，覆盖了道路，也覆盖了阿尔菱格的篷篷车。那是白色的胜利，是皮埃罗的胜利。似乎是为了让皮埃罗的报复更加彻底，那天晚上，冰雪夜空中，挂着一轮大大的、银光闪闪的明月……

白鸽越来越想念普尔德勒济克，也越来越想念皮埃罗，特别是在她看月亮的时候。一天，不知怎地，她手里突然出现了一张字条。她在想，是不是皮埃罗刚刚来过，留下这字条的？

她不知道，这其实是皮埃罗早就为她写好、绑在梯子上的；只不过，梯子上的那根木条如今变成了篷篷车的零件。字条是这样写的：

白鸽!

不要离开我!不要被阿尔菱格肤浅的化学颜色迷惑!那些色彩有毒又难闻,终有一天会褪去。我也有属于我的颜色,而且,我的颜色更真实、更深邃。

让我告诉你一些美好的秘密吧:

我的夜,不是黑色的,是蓝色的!是种可以呼吸的蓝。

我的烤炉,不是黑色的,是金色的!是种可以品尝的金。

我的颜色,能让双眼绽放光芒;我的颜色,厚重又充实;我的颜色,是香的、热的、沁人心脾的。

我爱你,我等你。

皮埃罗

蓝色的夜晚，金色的烤炉，真实的、可以呼吸的、沁人心脾的色彩，这就是皮埃罗的秘密吗？四周白茫茫一片，像极了皮埃罗的衣衫。在这个雪白的世界里，白鸽陷入了沉思，犹豫着要不要回去。

阿尔菱格在车里睡得正香，心里早就没有她了。过不了多久，她就得再次套上车，任凭绳索勒破肩膀，在结冰的路面上艰难地前行。何苦要这样呢？既然阿尔菱格曾经令她迷醉的绚烂色彩已经黯淡无光，那么还有什么值得她留恋的呢？她终于想通了，收拾好包裹，跳下车，朝着家乡的方向快步走去。

白鸽走啊，走啊，衣裙早已没了炫目的色彩，但也没有恢复往日的雪白。她跑了起来，脚下的白

雪发出簌簌的响声,在她耳边回响;每跑一步,就发出一声簌簌,每跑一步,一声簌簌……伴随着这簌簌声,白鸽的脑海里很快浮现出一堆阴郁的坏词:寒冷、黑铁、饥饿、疯狂、幽灵、软弱。可怜

的白鸽,她就快撑不住了。还好,就在她快要倒下的一霎,突来飘来了一串温暖的字眼儿:炊烟、力量、火花、花朵、面粉、烘房、火焰、宴席、仙境……那些词好像皮埃罗送来的一样,无声地帮助着她、支持着她。

白鸽终于回到了小村庄。深夜时分,一切都在雪下沉睡。白色的雪?黑色的夜?不是。贴近皮埃罗的内心后,白鸽也有了一双发现的眼睛:夜是蓝色的,雪是蓝色的,对,是蓝色的!那种蓝,不是阿尔菱格油漆桶中刺眼、有毒的普鲁士蓝,而是清澈的蓝,如湖水、冰川、夜空般清澈的蓝,是香甜的蓝,洗衣姑娘正在大口呼吸的香甜的蓝。

白鸽看到了结冰的泉眼,古老的教堂,还有街

角面对面的两座小房子:她的洗衣店和皮埃罗的面包房。洗衣店里漆黑一片,死气沉沉;而面包房却散发着勃勃的生气:烟囱口炊烟袅袅,通风窗在雪地上映出一缕跳动的金光。是啊,皮埃罗在信里写的是真的，他的烤炉不是黑色的，而是金色的！

白鸽停下脚步，钉在了皮埃罗的通风窗前。暖暖的热气飘向她的裙裾，醉人的面包香扑面而来。她多想蹲下身，靠近那光亮的窗口，可是她不敢。

这时，门突然开了，皮埃罗就站在门口。是巧合吗？是他感知到了白鸽的到来？还是他透过通风窗看见了她的双脚？他向她张开双臂，可就在她准备扑进他怀里的时候，他怕了，身体向后闪了闪，转身把她拉进了屋子。白鸽觉得自己沐浴在了温情的海洋里。那感觉真是太舒服啦！烤炉虽关着门，里面燃得正旺的火焰也能透过每一道缝隙和每一个洞眼，渗透、跳跃出来。

皮埃罗躲在角落里，睁圆了眼，目不转睛地看

大作家小童书

着这不可思议的画面：白鸽竟然出现在了他的面包房里！被火焰迷醉的白鸽瞟了他一眼，借着昏暗的光线看到他工作罩衫上的白色褶皱，还有他那满月般的圆脸，觉得他像极了猫头鹰。其实，此时此刻，皮埃罗真该对白鸽说点儿什么；只是，他一个字也说不出来，所有的话都卡在了嗓子眼。

时间一分一秒地流过。皮埃罗低头看了一眼自己的面盆，里面的金色面团又大又软：像白鸽的头发一样金黄，像白鸽的身体一样柔软……面团已经在木盆里睡了两个小时，酵母也已完全发挥了作用。烤炉也烧得够热了，把面团放进炉里的时候就快到了。皮埃罗望了望白鸽。她在干什么？在面包房温暖的气息中，旅途劳顿的她倒在面粉箱上睡着了，那放松的体态竟如此的迷人。看着心爱的姑娘经历了严冬和情感的折磨，看着她来到自己家里找寻温暖，皮埃罗不禁流下了心疼又感动的泪水。

阿尔菱格不是在洗衣房的墙上画了个身穿彩衣的白鸽吗？想到这儿，皮埃罗的脑子里突然闪出个念头：他要用面团烘烤出一个属于他的白鸽。想好后，他马上忙碌起来。他的目光在熟睡的白鸽和手里的面团之间来回游走，一刻也不曾离开。此时，他当然渴望伸出双手拥抱心爱的姑娘，但烘焙一个白鸽模样的美味面包，也未尝不是件醉人的美事。完工后，他把自己的作品和眼前的真人做了番比较：真像！只是面团白鸽要比真白鸽脸色苍白些，那还等什么，快把它放进烤炉吧！

炉火发出呼呼的响声。现在,皮埃罗的面包烘房里有两个白鸽了。忽然,门外传来一阵羞怯的叩门声,白鸽被吵醒了。是谁?作为回应,敲门人唱起了歌,那歌声在夜晚和寒冷中显得异常虚弱和哀愁。皮埃罗和白鸽一下就认出了那个声音,是阿尔菱格,那个天生的演说家和歌者;只是,他的歌声中全然没有了夏日里得意洋洋的腔调。听,冻僵的阿尔菱格在唱什么?他在唱一首歌,一首变得家喻户晓的歌。不过,如果你没听过我们讲的这个故事,就无法理解里面的歌词:

在明亮的月光下,
我的朋友皮埃罗,

借我一下你的笔,

我想写个字。

我的蜡烛灭了,

我没有火了。

给我打开你的门,

看在上帝的份上！

原来，可怜的阿尔菱格在油漆桶间发现了白鸽扔下的字条，发现皮埃罗就是靠那张字条征服了白鸽，让她回到自己身边的。就这样，这个能说会道的家伙意识到了文字的力量，还有火炉在冬天的重要性。于是，他天真地找皮埃罗来借笔和火。他难道真的以为自己还有机会赢回白鸽的芳心吗？

善良的皮埃罗出于同情，给不幸的情敌开了门。可怜的阿尔菱格身上的彩衣早就褪了色，一进门就冲向了热乎乎、香喷喷的金色烤炉。皮埃罗的家里真舒服呀！

皮埃罗为自己的胜利高兴得眉开眼笑。他挥舞

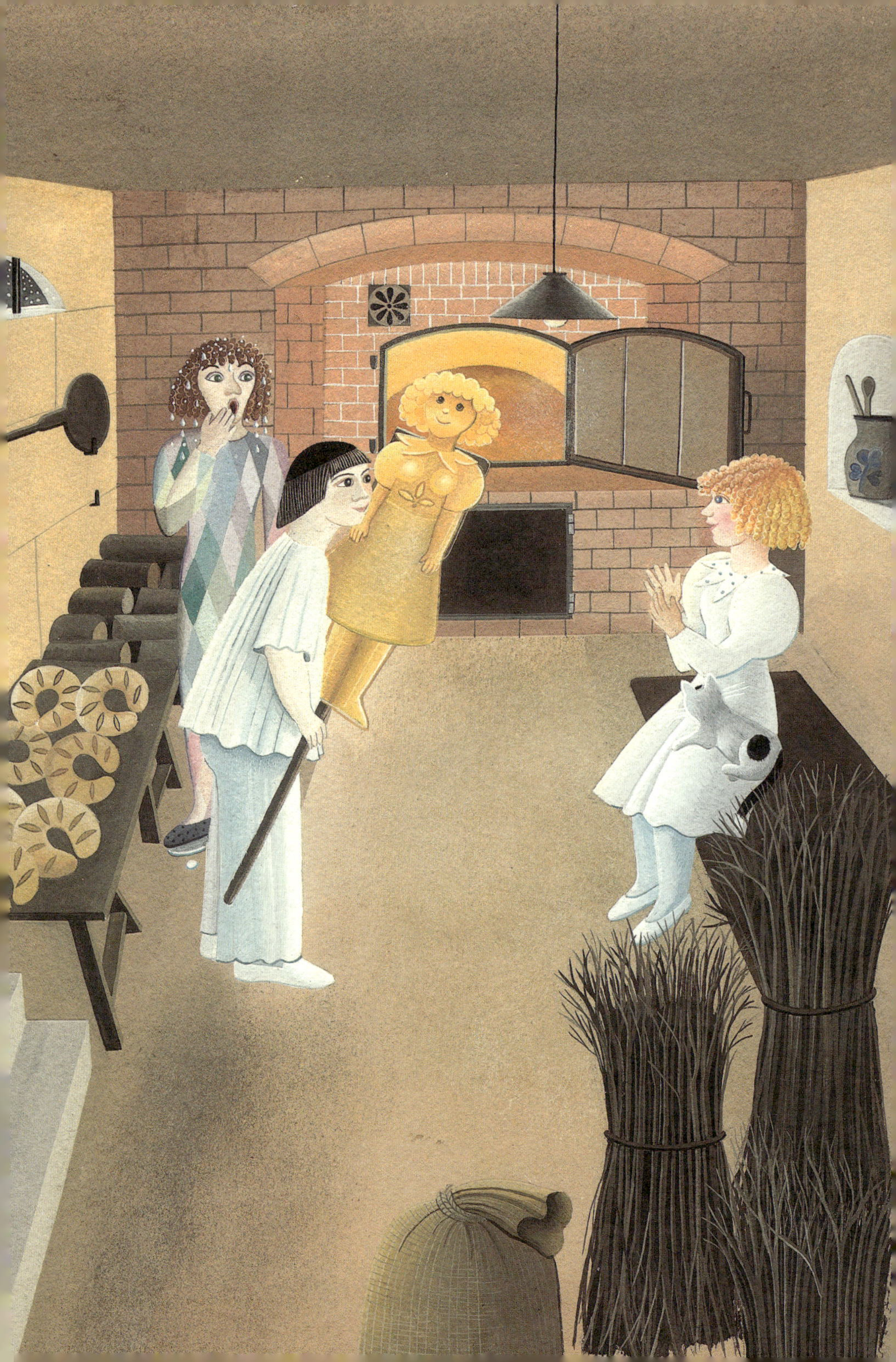

着手臂，跨着大步子，蹦蹦跳跳地来到烤炉前，手舞足蹈地打开炉门。闪闪的金光、融融的暖意和扑鼻的香气顿时弥漫了整个房间。皮埃罗拿起长长的木铲，把一样东西拖出烤炉。一样东西？更应该说是一个人吧！那是一个金黄酥软、热气腾腾的面包姑娘，活脱脱是白鸽的孪生姐妹。

这个白鸽，不是阿尔菱格用化学染料画在墙上的平面白鸽，而是皮埃罗用面包粉塑造出的立体白鸽，她有圆圆的脸颊和柔软的身体。

白鸽冒着被烫伤的危险，跑过来拥抱美丽的面包白鸽。

"我真美，真香！"她说。

皮埃罗和阿尔菱格痴迷地注视着眼前的美景。

大作家小童书

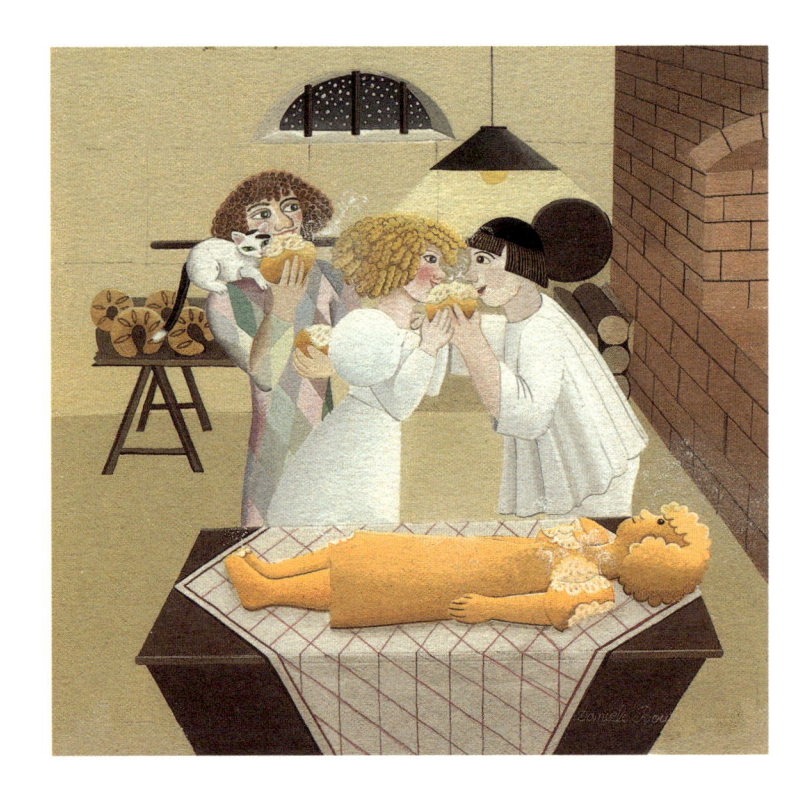

白鸽把面包姑娘平放到餐桌上,用两只手轻轻掰下两块面包。面对这松软可口的金色面包,白鸽贪婪地吮吸着香气,迫不及待地咬了一大口。她边吃边对两个小伙子说:

"我真是太美味了!亲爱的们,你们也尝尝,吃掉这个美丽的白鸽!吃掉我!"

于是,皮埃罗和阿尔菱格也品尝起这热乎乎、软绵绵的面包白鸽。他们你看看我,我看看你,幸福极了;如果不是因为含着满口的面包,他们一定会开怀大笑!

第一辑

1. 小狗栗丹　　　　　　〔俄〕契诃夫
2. 奥德赛　　　　　　　〔英〕查尔斯·兰姆
3. 写给孩子们的故事　　〔美〕E.E. 肯明斯
4. 写给女儿的故事　　　〔法〕尤内斯库
5. 夜晚的秘密　　　　　〔法〕米歇尔·图尼埃
6. 画家王福历险记　　　〔法〕玛格丽特·尤瑟纳尔
7. 种树的人　　　　　　〔法〕让·吉奥诺
8. 难解的算数题　　　　〔法〕马塞尔·埃梅
9. 西顿动物故事　　　　〔加〕西顿
10. 列那狐的故事　　　　〔法〕吉罗夫人